아름다운 동행

아름다운 동행

글쓴이 / 이순희
펴낸이 / 孫貞順
펴낸곳 / 모아드림

1판 1쇄 / 2004년 12월 21일
서울 서대문구 북아현3동 180-22
전화 / 365-8111~2
팩시밀리 / 365-8110
E-mail / morebook@korea.com
        morebook@morebook.co.kr
http://www.morebook.co.kr
등록번호 / 제2-2264호(1996.10.24)

값 6,000원

모아드림 기획시선 70

아름다운 동행

이순희 시집

모아드림

情으로 구운 내 삶의 무늬를

이른 아침 커튼 사이로 햇살이 살짝 깨울 때도
닭의장풀과 윙크하며 입암산 자락 거닐 때도
삶의 길목마다 목쉰 사연 안으로, 안으로만 삭일
때도
실눈 뜬 깊은 밤, 책에 깊이 취했을 때도
늘 떠나지 않는 눈에 밟히는 것이 있었습니다.
그것은 늘 나와 동행하는 꿈이었고
그리움이었고
깊은 내면에 감춘 내 사랑인
나와
하나가 되는 詩想이었습니다.

이제 쓰개치마 쓴 여인처럼 부끄러운
자화상인

내 일기를,
情으로 구우려고 노력한
내 삶의 무늬를
그리운 이에게 전합니다.

2004년 겨울
입암산 자락에서 李順姬

차 례

自序

1부 온정 속으로

2부 연가

3부 우정 접속

4부 단풍빛 운율

5부 꽃무릇 속에서

1부
온정 속으로

늦가을 낙엽여행

투명한 황혼에 깔린
상수리나무숲
노란 바람이 목놓아 울면

그날의 가득한
그리움만큼의
떨어지는 파문으로
흘려 뒹구는 여윈 아픔

호젓한 오솔길
실개천에 흐르는
끝없는 긴 여로
우리들의 인연도 따라 흐르고

갈색에 취해
사색에 취해
하염없이 걷다가
부르는 소리 있어

뒤돌아 보면
미련한 추억이
귀 먼 메아리 되어 돌아올 뿐

갈색 낙엽 따라
아픔인 듯
그리움인 듯
떠내려가는 삶의 무게

저녁 해

빈들에 서성이는
저녁 해의 자비를 보셨나요
잘려진 그루터기와
잘려지지 않은 이삭들을 감싸고 있어요

녹색이 지배할 들판 이야기를
바람에게 들려주는
밀레의 저녁 종소리조차
고요한 침묵의 빈들에

서두르지 않고
내일
한 줌의 빛으로 가는 길을
저녁 해는 알고 있어요

추억의 바다에서

반지름 끈으로 원을 그리던
머루 닮은 똥 뚝뚝 떨어져
누워있는 밭고랑 지나
감파르잡잡한 미역 갈래갈래 춤추는
바닷가에 가서

왼손 뼈대 위에
토닥토닥 금 모래성
쌓고 또 쌓으며

검정 고무신 나룻배
앞마당에 띄워 놓고
조개껍데기 공기에
조밥, 수수밥상 차리면서

붉은 해
수평선 실줄기에
속손톱만큼 걸려있을 때까지

파도 따라 재잘거렸던 노래
인어의 노래

통통 부어 돌아오는 두 발
따라오는 노래
소리개의 노래

밤나무 추정

가슴 젖히고
무상을 부르짖고 있었다

찌는 긴 여름동안
행여 다칠까
가시덤불로 감싸안아 고이 키운
알밤은 간데 없고
빈껍데기 땅바닥에 뒹굴며
알밤을 부르며
울부짖고 있었다

여기저기 풀어헤친 가슴, 가슴들
밤나무 아래 서있는 나는
언젠가 떨어져 밀알이 되어도 슬퍼하지 않을 거라고
변명하고 있다
지금 이 곳에서
상실의 아픔을 배우는 것은
분명한 까닭이 있다

거역할 수 없는 자연의 섭리를

쓰르람 스르르 풀벌레 위로노래 따라
제 몸 비워 허무를 보듬는 정취 따라
가을이 흐른다.

산 벚꽃 아래서

이곳은
연분홍 물결 일렁이고 있었다

손짓하는 산바람에
봄의 소리 왈츠 타고

온몸으로 웃고
온몸으로 춤추는
무희

누구 향한
그리움 있어
야실야실 드레스 나래 펴고
하늘하늘 꽃비 되어 내리는가

흰 물감 풀어
어떤 어둠도 흡수해버린
투명한

봄의 정경 유화

이 눈부신 꽃비 맞으며
어느덧
나는
가진 것에
잃어버린 것에
눈이 먼

온기로 떠다니는 은유의 숨소리

온정 속으로

깊이도 모르면서
두 발 다 넣고
맨발로 헤매던 길

웃음꽃도 아닌 것이
울음꽃도 아닌 것이
소리 없이 쏟아 내린
삶의 모래시계

정강이에 핀
상처꽃 아물기까지는
남은 시간
노랑 쥐치빛처럼
삶의 명도 높여
먹이 위해 순종하는 63빌딩 돌고래보다
무릎 걷고
맨발로 저항 속을 걸어가야 한다

상흔이 스며든 자리
다 젖고도
이르지 않는 달빛처럼
온정 속으로

만월을 꿈꾸며

쓸쓸하고 어두운 밤길을 걷듯
심적 굴곡
가슴에 품고
굴비처럼 꿰어 살아간다는 것은
얼마나 어리석은 일이냐

삶과 꿈
현실과 그리움 사이
아득해서
그 사이 비집고 터지는 한숨이
詩가 되려고
깊은 밤잠을 흔들어 깨울지라도

공허의 빈칸에
기다리는 마음
용서하는 마음 채워 가면
情이 숨쉬던 그 골목
돌담 사이

삶의 상처 꿰맨 자국 사이사이
보름달빛이 넘치게 피어날지 몰라

빗속의 벗나무

초여름 젖빛 하늘
잔잔한 언덕에 비가 내린다

우리 임 젖은 눈빛처럼
살랑이는 벗나무 잎 젖었구나

저 빗줄기 타고 오는
비의 노래
천상의 사랑노래 들리어 온다

가슴에 안겨드는
초록빛 깊은 향내

해 없으면 어떠리
마음에 뜨는 햇살 노래

해 없으면 어떠리
임의 사랑 가슴 속에 뜨거운데

산상시 소묘

무안군 몽탄면 사천리
사당골 언덕 가벼이 올라

빙어가 산다는 초록빛 호수
멍석처럼 눈 아래 펼쳐놓고
감나무 연두빛 잎새 마냥
보드라운 눈빛 마주치며
팔딱 뛰는 또랑새우 보다 더 신선한
시낭송
산허리 돌아 메아리로 번지니
언덕빼기 무대 곁엔
엉겅퀴, 취나물, 붓꽃…… 관객들 박수소리
서대 매운탕 보글보글 절정으로
'서당골샘' 돌 이름표 단
옹달샘 조롱바가지 위에 정담은 넘실거리고

뱀딸기 샛노란 꽃보다 더 밝은 시심
즈런즈런 싣고 왔습니다.

방패연처럼

내면을 흔들어 깨우는
종횡으로 누비는 죽비소리
코 밑 열꽃이 빨갛게 여물고
마음속 피멍은
선지 빛 보다 깊고
명치끝이 묵직해지고
목이 아파와도
발목이 시려
한 발짝 내딛을 수 없어도

혼자 서야 한다
바람이 거셀수록
더 날아오르는 연처럼
제 가슴 도려내야 날 수 있는
방패연처럼
이 아픔을 연료로
더 아프게 혼자 서야 한다

꼬리에 웃음을 달고
외로운 들판을 날아야 한다
쓰러져 내릴 때까지
혼자 날아야 한다

벚꽃 아래서

상처도 살이 되는 곳이다
눈물도 사랑이 되는 이 언덕

동양화로 서 있던
벚나무 줄기가
봄을 토해내며 눈웃음 쳐
결국 내 볼우물도 패이고

이렇게 아름다운
봄의 가슴에 안겨서
사랑을 낳을 수만 있다면
낯선 슬픔까지도 아름다우리

봄 햇살의 입김으로
망울망울 벚꽃 피어날 때
생의 어디쯤에
더 성스러운 행복이 있으랴

아픔도 꽃잎으로 흩날리는 이 곳
눈물도 사랑이 되는 이 곳에 서서

그리운 아침 해

해질 녘 우수에 젖은
노을빛
그리움은 보았나요

깊은 밤
흔들리며 흐르는
밤바다빛
그리움도 보았나요

밤바람에 실려오는
사랑의 향기 데리고
용서의 말 읊조리며
먹구름 건너는
달빛
그리움은 본 적 있나요

삶의 무게에 떨어질 듯
매달려

영롱히 승화한
이슬방울빛
그리운 아침 해는
내일도 뜨겠지요

늦가을 자락에서

석양 무렵 밤나무 숲으로 갔다
목마른 갈색 잎
서로 맞대고 비비며
등을 기대고 누워 있다
내 몸 안에 소슬바람이 들어오듯
바람이 불 때마다 허리가 시려 뒤척거린다
감기에 약해진 내 허벅다리처럼
밤나무 숲들도 많이 야위었다
푸르렀던 옛일 뒤돌아보지 않고
부딪힌 현실을 인정하며
야월대로 야윈 몸으로
주위를 맴돌며 반기는 끈질긴 갈색빛 시어들

생기 잃은 내 입가에도
입암산 봉우리에 마지막 웃는 들국화의
가슴에 사무치는 웃음소리 닮는다
지평선 허리까지 빠진 태양을 마중 나온
그믐달이 창백하게 따라 웃는다.

2부
연가

시계

내일은
또 다른 내일의 태양이 뜬다지만
약속 시간도 모른체
새벽 한 시를 지나고 있습니다

안개 낀 아침이 오든
핏빛 저녁노을이 지든
내 시계는 기다리는 기도이고 싶습니다

이정표 위해 많은 사람 속에
움직이고 싶지 않습니다

오직 당신 향해
변함없이 노래하며
당신 지나는 길목을 지키는
망초꽃으로 서서 흔들리는 목숨이고 싶습니다

믿음

선율타고 내리는 비에
컴퓨터 가리개 화면 같이
삶이 어두울지라도

불끈, 햇살 향하는 해바라기처럼
한바탕 웃음으로
신열의 모래밭에 달궈진 보조개가
삶 속에 패일지라도

아무리 장마가 길다 해도
헤어짐이 길다 해도
이젠 슬프기보다는 행복한건
어딘가에 내 꿈이 있음을 믿기 때문이다

퍼붓는 소나기에 잠시 누운 풀처럼
세상사에 잠시 아프듯

바람의 속삭임에

목화나무 젖은 솜 말라가듯

천둥치는 회색구름 뒤
햇살이 있음을 믿기 때문이다

길섶에 서면

길섶의 바람
보고픈 마음 싣고
잠잠하다가 거세지다가

보이는 것마다 그리움 바람
좁은 가슴 안에 다 들여놓고

울음도 웃음도 모르고
부초처럼 삶 위를 떠다니는가

사랑으로 목이 탈 때나
사람 곁에서 힘이 드는 날은
감춰둔 그리움이 도져
당신 곁에 나를 허락하는 날

자시 지난 밤 하늘
먹구름 사이 열아흐레 달빛이
더 밝아 보이는 밤

다시
길섶에 서면
발칸산맥의 장미향으로 필런지요.

연가

검은머리 때 눈 멀다가
흰머리가 생긴 후로
사랑한 당신

폭설 덮이어 갇힌
한계령이 아니어도
찬란한 아침 해가 빛나는
정동진이 아니어도

이 하늘 아래 어딘가에
존재하는 것만으로
더 사랑할 당신

다정히 서로의 손 뎁히며
늦가을 공원을 거닐며
웃는
그 서글픔의 시간에도
더 많이 사랑하고 싶은 당신

훗날
무덤가에 핀 할미꽃까지
사랑하고 또 사랑하고픈

이 눈 오는 밤을

그리운 이
해맑게 웃는 이 닮은
그대 흰눈이여

그 눈부심에
차마 다가서지 못하고
거리를 두어야 하는
눈 오는 겨울밤은

또 다시
내가 있을 곳
그대가 있을 곳을 나누며
밤은 깊어만 가고

그립다는 말이
가슴 비비며
저 눈처럼 쌓여
더 깊이 묻힐 것 같은

이 눈 오는 밤을
어찌 할까나

벗나무 그늘

당신이 곁에 서 있다는 것
그 자체만으로도
행복한데

아침에는 이슬을
정오에는 그늘을 드리운
가슴 넓은 당신

바람결에 춤추며
초록을 풀어
늘 아름드리에 변함없는 선율의 뿌리

당신 그늘에서
노래하는 매미처럼
내 여린 가슴에도
넓혀지기 시작한 꿈의 연주회

당신이 곁에 있다는 것

그 자체만으로도
내겐 아름다운 축복인데

돌

풀리는 얼음 사이
아프게 아프게 깎이는
이른 봄

그대 녹이는 햇살이고 싶습니다.

비바람 몰고 오는
천둥소리
깊이 깊이 젖어드는
초여름

그대 가리는 우산이고 싶습니다.

고요한 달빛 모아 우는
풀벌레 소리
서럽게 서럽게 부서지는
늦가을

그대 위로하는 노래이고 싶습니다.

뒤덮이는 눈보라
싸늘하게 싸늘하게 스미는
깊은 겨울

그대 감싸는 사랑이고 싶습니다.

이름 모를 풀섶에 누워
그대 곁에
그대 닮은
돌이고 싶습니다.

달빛

달빛이 창가에
길게 드리운 깊은 밤
홀로 깨어
추억에 부서지는 달빛 꽃에
뒤척이는 불면

마음 깊은 곳에
쏟아지는
달빛 타고
그리운 님 내게로 오는가 보다

휘영청 어우러져
달빛 가득
사랑 가득 싣고
온 마디에 젖어드는
하나 된 情 빛들

다습게 퍼지는

월광곡 되어
이 밤 가득
날 흔드네

무언의 다짐

내 그림이
분홍이거나
주홍이거나
혹은 아픔이거나
채색은 잘 모르겠습니다

이미 당신은 내 화면에 가득 차있음으로

내 詩 안에서는
추억이거나
행복이거나
혹은 우정이거나
'사랑' 이라는 말도 쓰지 않겠습니다

이미 당신은 내 시속에 흐르기 때문에

사랑꽃

너는 나비가 되렴
나는 노란배추꽃이 될게

너는 벌이 되렴
나는 아카시아 꽃이 될게

내 향기를 찾으렴
나는 들판에 서서 기다릴게

그러자, 우리 한 하늘을 보자
마음껏 꿈을 꾸자

서로 따스한 가슴이 되자
하나의 사랑꽃을 피우기 위하여

그대

깊은 밤 깨어있는 나
더 늦게 자는 것은
그대라는 사람의
가슴꽃에 흐르는 음악입니다

화장을 하다가 보는 거울 속에
그대가 있고
벚꽃의 청아한 아름다움 속에도
그대는 있습니다

조용히 번지는 저녁노을 속에도
그대의 붉은 정이 있고
창가에 시린 달빛 속에도
그대는 스며옵니다

그 옛날 추억의 명화처럼
현실 속에도 그대는 들어와 있고
잠자리에 든 이불 속에도
그대는 꿈처럼 먼저 와 있습니다.

3부
우정 접속

우정 접속

남은 길
같이 걸어가자
페스탈로찌의 이념 앞에 서서
우정 앞에 서서

양을산 언덕에 서서
마음 따뜻했던 일
잊지 말자

순수로만 이어졌던
우리의 우정 접속

보고 싶었다
말 못하고 돌아와서
그리움이 집 짓는다

그 집에 불을 켜고
인터넷에 접속

불러도 또 부르고 싶은
내 사랑 친구야

외달도 비 오는 부두에서

시 낭송 여운이
머리칼에서 새끼발까지
점점 빗물로 젖어옴이, 그리하여
이렇듯 속살 드러내 보이는 것이
비 오는 외달도 부두에 서서
내리붓는 비에 젖을 만큼 젖으면서
차라리 젖음이 편안해지기까지 했다.
먼 회색 바다 비를 끌어안고
옛사랑의 희미한 잔영으로 누워
바다와 몸을 섞는, 뒹구는 비
짭짤한 속울음이란 울음은 모두
녹아 넘실대고 있음을 알았다.
외달도 비 오는 부두에 서서
바다나 사람이나
가슴속 앙금 헹구어 맨몸으로
삶의 무게 다 벗어놓는 것
이 가벼움, 소중함에 흠뻑 젖어
무소유로 그렇게 서 있었다.

추석 소묘

우르르 하얀 버선발로
가슴 비비며 반기는
메밀꽃 핀 언덕길

흙냄새 맡더니
버글대던 지하도 누비던 발걸음
논배미 고개 숙인 나락처럼 수줍어
수줍어 느려지고

밤마다 빚은 그리던 고향 안방
막 쪄낸 송편 위에
늘 촉촉했던 그리움 어리네

만삭인 보름달 만큼이나
탱탱한 대추빛 정
두런두런 익어가는 밤

언제 어딜 가도 밀려오는

어머니 물기 밴 눈동자
갯벌 같은 부드러움
함지박 가득 담고 돌아 온
넉넉한 사랑

짧은 만남은 긴 그리움을 남기고

동짓날 小懷

사십 바퀴 지난
먼 밤이 성큼
눈앞에 다가선다.

밤참거리 없이 보냈던
허심한
긴긴 겨울밤
광창으로 기웃거렸던 부엌
무쇠 솥에 흐물흐물 팥빛 짙어가고
익은 밤빛 칠상 위에
정갈하게 앉은 새알심들
낭자머리 쓸어 올리며
온몸으로 팥죽 쑤시던 어머니
그 정성

얼음이 둥둥 뜬 그 동치미
입에 척척 달라붙던 그 팥죽

그리운 동짓날
기인 밤
이제 어머니 나이 되어
그 정성 무엇으로 헤아릴 수 있을까

존재

썰물은
걸어온 길
삶의 발자국으로 알 수 있다고
성게처럼 속거품 드러내며
쉼없이 삶의 뻘밭에
발자국 아로새깁니다

밀물은
은빛 출렁이는 바다 너른 품에
찰나에 지워지는 것이
삶의 흔적이 아니냐고
되묻습니다

마지막 순간까지
따뜻한 가슴으로 보던 노을은
사랑하든 아파하든
존재하는 것만으로
서로 안에서 기쁨이라고
아우릅니다.

초겨울 밤 소묘

벼루의 얼굴처럼 어두운 밤
길 잃은 새끼별 외침에
초겨울 바람소리
삶의 무게 끌고 어디론가 가고
으악새 울음 따라 강물 더 외로울 때
벌거벗은 빈 들녘도 어둠에 숨고
옷 벗은 프라타너스 더 이상 속삭이지 않는다
저 멀리
실눈 뜨고 졸고있는 가로등
찬바람 일렁일 때마다
황소 큰 눈 껌벅이듯
무심으로 고요하다

아름다운 죄가 많아
잠 못이룬 사람들
뒤척이는 이불 속에서
또다시 일상의 길로 향하는
밤은
몸을 비비며 야위어 간다.

싱가폴 회상

이른 아침 눈뜨면
옥빛 커튼 살짝 밀어젖히는
햇살의 보조개
야자수 뒤로
하늘과 입맞춤한 금빛으로 퍼덕이는 해변
달력 속 풍경인가
다시 눈 비비며
귀 기울이면
어디선가 원초적 음향의 울림
머라이공원
분수의 높낮이 따라 춤추는 악보들이
해초처럼 바다 속에서 흔들립니다
바닷가 방갈로
식탁 위에 있던 커다란 게들이
붉은 발로 기어 다니던 곳

왜소해져 가는 인생
머나먼 이국 풍경을

머리 속에 누룩처럼 띄우면
따뜻한 본성이 깨어
빚어내는 친근감들이
건조해진 마음에
진한 습기와 향기를 뿜어냅니다.

시의 길

낮설게
새로운 길 찾아가는 일이라고
시적 상상력 불 지펴주셔도

강의실 유리창 넘보며
봄부터 강의 듣던
담쟁이덩굴은
이제 가을,
볼에 붉은 연지 찍고
동그란 작은 열매까지 맺었는데

참신한 언어 찾아
뻐꾸기 한 번 두 번 울 때까지
눈, 귀 열고
마음 교감하려 해도
신선한 길, 보이지 않는
낯설기만 한
미로의 길

그리움의 섬

취나물 내음 싱그런
5월이면
밀물처럼 다다르고 싶은
사무치게 그리운 섬 하나 있습니다

더 높이 날기 위한 아픔으로
보내시는 햇발 같은 사랑
힘든 날개 쉬는 안식처가 되어
삶의 배멀미 가시는 버팀목이 되어
굽이굽이 인고의 안개 헤쳐가는 등대가 되어

농부 발자국 소리에 벼가 자라듯이
틔워주신 창작의 싹으로
이 만큼 자랐습니다

오롯이 닮고 싶은 섬
영원한 그리운 섬
선생님.

우정의 깊이

차마 깊이를 알 수 없었기에
시간만 흘러갔습니다

깊이를 알게 해달라고
강안개와 밤바람에게 기도도 했습니다

많은 세월이 흐른 뒤
흰머리꽃 필 무렵
어느 날 그 기도는 이루어졌습니다

지금 우정의 강가에서
그 깊이를 재고 있습니다

그래도 아직 난
그 깊이를 잘 모릅니다

얼마만큼 더 깊어져야
얼마만큼 더 빠져야

깊이를 느낄 수 있는지

차라리 강이 아니고
내 가슴 깊이에서
흐르는 사랑이었으면 좋겠습니다.

밤꽃 속에서

지금 입암산은 녹색화면 위에 떠있다
141개 나무계단 문지르며 올랐을 때
아름드리 밤나무들이 내 눈과 깊게 키스한다
바람이 눈웃음칠 때마다
줄기와 잎자루 사이 흰 불가사리꽃들은
남자의 향기를 정신없이 뿜어낸다
밤꽃 향이 내 옷을 더듬으며
내 안에 들어온다
속을 흔들어 탈색된 영혼을 퍼내게 한다
녹색의 이상,
―삶의 욕망에도 동참하지 않고
녹색으로 견디는 영혼은 싱그럽다―
무릎 벗겨진 나를 달래고 일어서게 한
내 시의 암술이었던 이 숲길
이 향을 떠메고 가고싶은 열망이
발을 땅바닥에서 떨어지지 않게 하는데
마지막 실 땀이 아직 끊기지 않았다.

미래여

저만치 앞으로
작은 강을 끼고 소나무 뒤를 두른
한적한 마을
햇살 따사로운 날에는
슬슬 풀려나오는 실타래처럼
자유롭게
가장 따뜻한 순간을
기억하자,
그래서 살아온 날들이
앞마당에 빨간빛과 단맛이
듬뿍 벤 감나무처럼
얼마나 아름다운 일이었나
옛 기억 쿡쿡 건드리면서
얘기하자,
그리고 삶의 오르막길에 버거웠던 자리는
인생의 마지막 쉼터에서
점령해 버리자.

4부
단풍빛 운율

忍之德

득량만 비봉리 845번 해안도로
수문포 쪽빛바다
바지락 숨소리 들썩거린
은빛 모래사장 가

과거의 집착도
혼탁한 세상도 외면한 채
파도만 바라보며
갯바위에
따닥 붙어 옹송거리는
따개비
나를 수없이 때리는
당신이 주는 상처는 나를 만드는 조각이라고
바다를 향해
'忍之德'
하고 외칩니다.

석양

덜컹거리며 미끄럼 타는 보도 위에
빤히 쳐다보는 저녁 해

아직 붉은 햇살
빈 길 따라 석양을 따르면
내가 살아온 아픔만큼
앙상한 나뭇가지가 비껴간다

그러나 보라
빈들의 허허로운 풍경 속에서도
석양은 따스하고 나는
그 빈들을 바라보며
또 다른 비움을 생각하느니

산다는 것은 얼마나 가벼움인가

사람아
어느새 무소유의 지혜를 안

내 사랑하는 사람아
우리도 저 석양처럼
모든 것 다 주어야할 나이

하여
시린 손 다 뎁혀 주고
석양이 지는 저 빈들을
함께 쳐다보지 않으련가

단풍빛 운율

따스한 저녁놀 뒹구는
늦가을 산에는
핏빛 낙엽의 마지막 인사처럼
삶에 닳고 지친
갈색 상심들
서로 껴안고 뒤척이며
소멸 앞에 서있었다

바람이 출렁일 때마다
아직 희망의 나부랭이들이
저만치 늦가을 속에

새삼 잃을 것도 없다는 듯이
가만 가만히
단풍빛이
눈매 깊어진 강 속에
운율을 품고
붉은 보조개로

'잃었다 한들……'
삶의 마지막 빛을 위해
눈물 둑에
무상이 그렁그렁 넘치고 있었다.

닻

삶이 고독한
항해라지만

덕지덕지
세상의 이끼
현실의 굴레 실은
절망의 긴 파도 넘어

그대여
시리도록 순백한
진실의 닻을 풀고
뜨거운 사랑으로
유유히 노 저어 나아가자

노을 저편
말갛게 떠오르는
피안의 섬
설령

그곳에
닿을 수 없을지라도

저어라! 분노의 물살 떨구고
넉넉한 유선의 몸짓으로
삶의 주홍빛 둥우리 찾아
포효하는 깃발 곧게 세우고

어둠의 닻 푼 채
푸르름 속으로

춤

아부라싸메*
음악이 흐른다
깨금발로
포롱, 벚꽃 날 듯
난무 속에 스스로를 불사르고
취나물 쓴맛같이 베인
땀으로
삶의 여정 씻으며
날개 퍼덕이는
손 나래 꿈

생명력 넘치는
꿈틀거림
선율에 몸을 맡기며

삶의 의미 건져내려고
거울 속에
몸으로 쓰는 언어들

빛으로
내일의 빛으로 비상하리

*Abrazame : 스포츠댄스 Rumba춤 곡명, 스페인출신 라틴가수
 Tamara가 부름.

여명

창밖은 아직 어둡다
참으로 오랜 시간
내 마음 시리다고
낯선 곳만 찾느라
견고한 껍질 속에서 어두웠다
한 마리 나비가
고치 속에 숨어
절망에 머무는 시간처럼
그렇게 어두웠다

이제, 어두운 터널 벗어나
대화란 실을 잣고
온유의 베를 짜야 할 시간
울리지 않는 종은 종이 아니 듯
배려로
웃음으로 울려 퍼지는
사랑의 베틀소리
무늬지는 햇살 따라
창밖이 밝아오기 시작하리니

붉은 목련

속가슴 뜨거워
차마 볼 수 없는 눈빛으로
그리움이 타올라
하늘까지 태우면서도
아프지만 아프지 않게
빈 가지 위에
붉은 빛 사랑
피우고 또 피웁니다

아무리 쳐다봐도 닿지 않는
무지개처럼
하나도 알 수 없는
파랑새 노래처럼
옹알옹알 피어나는
붉은 빛 행복
빈 몸으로 사랑을
꿈꾸고 또 꿈꿉니다

아름다운 동행

소리없이 쌓이는
눈의 고요 속에
하얀 침묵
당신처럼 눈부십니다

오늘은 끊임없이 당신을 만납니다

결 고운 눈빛 속에서
은물결 설경 속에서
나목의 가지 덮는 흰 이불 속에
당신은 와 계십니다

뒤돌아보면
뽀드득
내 삶의 노래가 들리시나요
길이 지워져도
나풀나풀
저를 안고 간다고 하셨나요

어디서 다가와
어떻게
내 발자국에 발을 맞춰 걸으십니까

섬

용서의 길은
갯벌 위 게구멍처럼이나
마음
텅 비워야 한다지요

때로 길게 누워
섬이길 고집하지만

용서의 손은
해풍 안은
깨꽃 종처럼이나
가녀리고 순결해야 한다지요

자주 물보라에 흔들리고
쪽빛으로 몸을 풀지만
뱃전에
알몸이 되어 철썩
철썩이는 아픔들

오늘은 여우비로
짭조름한 미역 내음 피어오르는
피안의 푸른 꿈으로
사진 속에 떠있는
섬

열쇠

저녁노을 속에
새털이 춤출 때면
열쇠로
문을 연다

용광로 뜨거움에
불나비처럼 아팠고
철 바퀴에 반딧불 내며
제 몸 깎였던
꿋꿋한 그 자태

입석대보다 더 반듯하고
논개보다 더 지조로운
영혼이 숨어있다

온몸을 넣어주되
자신은 고리에 갇혀있는
형틀 같은 사랑 하나 살고 있다

찰칵
과녁에 꽂힌 순간
소중한 보금자리 열어주는
그 사랑
주머니 속에 숨어 살고 있다.

바다와 호수의

마중 나온 갈매기떼 격렬한 울음소리
봄빛 도도한 방파제

현란한 호수 색채가 부르는
바다의 파열음
삶의 지루함 붕괴시킨다

멀리 산등성이에 누워
잔뜩 게으름 피우는 흑염소 세 마리

민어 맨살 베어 문 입안
혀끝에 상큼한 바다가
짭짤하게 솔솔 전해진다

쑥 빼닮은 바다와 호수
경계선 하나를 두고
행복과 불행도 닮지 않았을까
경계선 하나 사이로

시간이 후진한 경계선에서
어릴 적 상념 돌아와
막 달리던 삶의 과속
예와
가식의 껍질,
갈매기 나래에 실어 바람이 데리고 간다

장미의 삶

멋진 당신을 위해
그리움으로 피어나는
꽃이었으면

당신의 눈빛 속에서만
아름다운 꽃이 되는
나였으면

당신을 위해
죄의 아픔도
가시 상처도 내 몫이었으면

잎 잎마다 흐르는
간절한 시간이 아쉬운
당신은 나의 꿈

오직 당신께만
진한 향기로 퍼지는
목숨이었으면

5부
꽃무릇 속에서

입석대의 추상

드디어 1017미터
입석대
영혼을 곧추세우는
깎아 내린 고도의 섬광

핏줄들 내 곁을
썰물처럼 다 빠져나간 뒤
형언할 수 없는 적막 같은
누구에게도 발설하기 싫은
수직선상에 새겨진
숭고한 애달픔

어떤 상황에서든
여기선
섣불리 따지지 말자
저 바위를 접고 스치는 바람처럼
얽매이진 않으리

그러나 나는
그들을 한 번도 떠난 적이 없었다.
입석대와 나
시상詩想과 나
하나가 되듯

용천사 꽃무릇처럼

진주홍과 녹색이 버무린
아늑한 언덕
여기서만은 매듭짓지 말자
흑과 백

아린 상처의 내면까지도
덮는
꽃무릇 빛
인생의 무게 초월한
의식 너머의 세계가
무한정으로 흐르고 있다

잎도 없이
주저도 없이
언어로는 형용할 수 없는
불꽃처럼
꽃무릇처럼
그냥 훈훈함으로 살다가자

내장산 산책로에서

계속 내린
비에 젖은 상흔
아픈 게 아니다
아름드리 비자나무 오백살 연륜은
이끼로 승화시키고 있지 않는가

습기 머금은 잔디
우는 게 아니다
반짝 내려앉은 햇볕과
몸을 푸는 신비의 색깔은
삶의 시린 어깨 감싸주지 않는가

행복은
우리가 지금 걸어가고 있는 이 사랑의 딸각다리
달가닥 달가닥
현재 삶을 걸어가는 길
자체가 아닐까

지금 깨어있는 순간순간의 의미를
놓치지 않을 것이다.
내장산처럼
자꾸만 푸르게
넉넉한 사랑 채색하고 살으리라

꽃무릇 속에서

꽃과 잎이 서로 그리워 병이 난
잃어버린 낭만이 피어있다
붉은 빛의 흐름
꿈속 오케스트라가 흐른다
꽃의 결속에
어디선가 긁힌 생채기도
아물다만 딱지 같은 것도
다 흡수해 버린
공간 속에서

꽃무릇이 피었다
제 몸 태워
온 산에 언덕에
꽃무릇 숨소리가 흐뭇하다
구월 스무 사흘 알맞게 익은 시원한 바람 따라
잎과 꽃이 못 만나듯
서로 공유하지 못할지라도
살아온 마음의 상처

깊게 감싸 안는다
숨이 막힌다.

첫눈 속의 의상봉

11월 초사흘
바람은 아직 온기 머금고
야위어 빛바랜 단풍잎 화음
흥분에 들 떠
정자나무 아래선 비로 내리더니

가야산 줄기
진눈깨비 옷으로 바꿔 입은
산은 깊어만 가고

쌀가루 뿌린 듯한
고견사 절 앞
천년 은행나무 노란 인연 매달려
싸락눈 속에
'순간이다. 인생은 강물처럼 흐르노라.'
의상대사
낭랑한 목소리 울려 퍼지니

마중 나온 함박눈
가파른 층계 끝
드디어 의상봉 정상
눈부시다
수줍은 듯한 대나무 군무 우아함

그 날 꿈결 같은 초저녁
굴 넣은 콩나물 쌀죽만큼이나
싱그러운 맛은
삶의 가파른 호흡 일으킬 때마다
산소로 살아나고

겨울 숲

시냇물이 바위와 몸 비비어
토해내는 겨울나무의 노래들으며
눈 속에 온몸 숨긴
제비꽃 한 송이 꿈꾸는
금선 폭포 가는 길
눈빛 위에 발자국과 발자국이 춤추는 곳

옆구리에 눈 바르고 우뚝 서있는
비목나무 이름표 밑에
내장산 불타던 낙엽 굴러와
납작히 포복한
추억이
볼에 빨간 흔적으로 남는 곳

세상의 매서운 상처란 상처는
용서로 반전되어
켜켜이 흰빛으로 순화되는 곳

이제야 바람조차 따뜻한
눈 내리는 겨울 숲
나목의 숨소리가
온기로 뒤덮네

늦가을 산

의연하리라
묵묵한 솔향에게 다짐하며
넘나드는 바람에게 속삭이며
산자락 오르는 길

보라, 저 시새움과 번뇌를 떨구는
낙엽사이
욕망의 부스러기도
바람 속에 떨어지는구나

우수수
굴곡된 삶의 무게 싣고
상수리나무 잎들 떨어지는 소리에
가벼움을 더하는 가을 산

내 상처의 붉은 심지
다 태우고
아픔과 굳은 살 버리고

낙엽처럼
헐거워지는 것은 왜 이리 힘든 걸까

돌이켜 보면 덧없는 길
내 의연함은
아직 늦가을 산을 오르고 있다.

낙엽꽃

나목이 아프기로
내 마음 보다 더할까
가슴 떼며
떨어진 아픔보다 더 아플까

푸른빛 춤추며
서로 목숨이었던 때가 있었던가
붉은 볼 비비며
사랑의 온도 높이던 때가 있었던가

파르르 떨어지며
흙 묻은 고독에도
뒹구는 아름다운 상처

저 가슴 뒤척이며
울음 우는 이 꽃을
누가 낙엽꽃이라 했던가

운다고 어디 되돌릴 생인가
절망한다고 어디 끝이 날 삶인가

바스락거리며
끌고 가는 세월
가슴 부서지며 피는
내 삶의 꽃

그 겨울의 백운산

눈과 소나무가
쑥버무리 닮은 솔숲
아이젠으로 점찍으며
얼어붙은 갈퀴손이
밧줄과 줄다리기 해 이긴
상봉 1217m
살을 에는 듯한 바람
빈 나목과 상실의 아픔을 교감하며
덮는 순수의 눈발이
아득한 유년
이불 홑청의 눈부신 흰빛 되어
빨래줄에 눈물겨운 용서가 날리듯
순간,
내 안의 묵은 때가 부재다
눈으로 살 비비는 홍안은
가면을 벗고
어린 댓잎 위에서 춤추는 설화들
자꾸만 발목을 붙드는데

고로쇠 고목에서 솟은 달콤한 수액의
호수 따라
내 안에 흐르는
그 겨울의 백운산 추억

계룡산 회상

불타는 닭 벼슬 닮은 산등성이
마음에 어른거려
속이 맵다

쌀개봉 아래
은선 폭포 청정함처럼 살자던 약속 흐르고
등이 자꾸만 굽어지며
오르는 가파른 삶
바람이 부는대로 수용하며 살자던
만추의 관음봉에 서서
영혼의 우물 깊게했던 그날
가을이 뚝뚝 떨어지는
그 소리 없는 침묵 속에
생명의 빛깔 일렁이는
만추 숲에서
더 외롭고, 더 가벼워져도
다정한 오뉘탑처럼 살자던
영혼 데우며
밟던 그 가을

6부
눈 오는 밤에 어머니

그리움의 돌탑

사랑채 살짝 가린 샛담처럼
쓰개치마 쓴 여인처럼
부끄럽습니다

늘 뭔가 목에 걸려
부드럽게 삼켜지지 않는
매핵기梅核氣처럼
지워지지 않는 물음표로 서성댔던
시를 향한 그리움의 돌탑이
밑자리 잡아
파닥이는 낯선 언어의 집으로
상상의 고운 노래로
한 층 한 층 세워지길 꿈꾸면서

물풀로 둥그런 집 지어
부화한 새끼가 헤엄쳐 나오기까지
돌보는 가시고기처럼
온정주신 선생님,
입암산 자락에서 부르는 노래
들리십니까.

어머니의 강

지나간 것은 그리움으로 흐른다.
그 옛날 슬프도록 아름다운
어머니의 사랑처럼

살면서
종아리 걷고 채찍 하는 자신을
자주 발견하는 건

어머니의
옹이 박힌 손에서 성실을
땀이 베인 구멍 난 런닝에서 절제를
찰방찰방 지신 물지게 끝에서 강한 의지를
아궁이에 끓인 콩알이 춤추는 된장국에서 따뜻함을

어머니가 달아주신
깊고 환한 세상의 창 때문이지

써레질 하듯

느릿느릿 엄격한 삶 밀고 사는 건
어머니의 반사된 거울 때문이지

웅송웅송 아카시아 꽃피는 5월이면
향그런 어머니 냄새 따라 피고

지나간 것은 그리움으로 흐른다.
그리움의 강으로 흐른다.

눈 오는 밤에 어머니

눈이 내리는 밤이면
어둠도 날아가고
잠복했던 군불 같은 온정이 새삼 일어섭니다

눈보다 흰 옥양목 이불깃으로
노출되지 않게 고단함을 덮으시고
소나무 등걸 같은 손바닥으로
닳은 걸레조각 짜듯
가난의 물기를 인내로 말리셨습니다

이토록
세상이 아름다워 보이는 것은
퍼도 마르지 않는
연탄불 위에 데운 뜨끈한 청국장 국물 같은
따뜻함이 내 마음 밑뿌리에 자라서 입니다

오늘 같은 눈 오는 밤이면
두 팔 펴서 실눈 뜨시고 꿰매시던 구멍 난 양말에서

유년의 단내가 납니다
옹망졸망 자식들 끼니 붙이려
콩나물 바구니 들고 걸으시던
그때 어머니 흰 고무신 속 얼은 발보다
더
마음이 시려 옵니다.

그때 어머니 곁에

아직 연두가 더 많은 오월 초여드레
아카시아 꽃 안에 어머니의 웃음꽃
겹쳐 흐른다

밭고랑 타고 앉은걸음 아낙네들 바쁜 손놀림 속에
긴 대청마루 닦던 어머니 숨죽인 버선 발소리

서대전 두계 마을 강가
실개울에 비친 풀 그림자 곁에
어머니 빨래 방망이소리 물 메아리 치고
한가한 구름도 쉬어 갈 즈음
정오를 알리는 오포 소리
밥상 앞에 빈 그릇 감추시며 먹는 시늉 내시던
광대뼈 음영이 자애만큼 높던 어머니

살면서
그때 어머니 곁에 흐르던
연두빛 치마자락의 깊은 영상이

벼랑 끝에 섰을 때마다
연두 빛 의지로
더 깊은 초록으로 일어섰다.

어머니 말씀

무슨 일 있어도
어두워지지 마라

벽에 걸린
빛바랜 흑백사진 속
꿈틀거리는 입가

칠 남매 내려다보며
꿈의 온도 내릴 줄 모르는
움푹 파인
눈가에 고인 짭조름한 인내

삶의 쓴맛, 매운맛
옹이진 손마디에 녹아
고단하고 버거웠던 삶
무릎에 용서로 앉히시고

봄비 내리는 오월의 문턱에

수직으로 그렁그렁 서서
뺨 위에 아프게 읊조린다

어떤 일이 있어도
어두워지지 마라

딸 · 1

어미제비가 토해주는 정이
처마 밑에서 노래로 승화되듯
목이 쉴 때까지
소쩍새 되고 싶은

내 몸 데워서
내장산 단풍보다 더 붉은 사랑으로
물들이고 싶은

행복의 호수에
네 삶을 물수제비 꿈으로
간지럼피고 싶은

깊은 삶의 음영도
밤이 새벽을 열듯
소나기 속 햇살이 피듯
끝없이 행복하기만을

못에 비친 기러기 그림자처럼
가슴 속 파고드는
그 살가운 그림

그 살가운 눈빛

딸 · 2

시계초침 심장소리 뛰는
빈 공간 속에
눈을 비비고 앉은
새벽 창가

아마릴리스 대궁 하나
고개를 내밀었다
딸아이가 큰 눈으로 걱정한다
엄마, 몸이 왜소해졌어요
아이의 목소리가
주홍빛 아마릴리스 꽃이 된다

사랑을 나누기 위해
천연의 빛 반짝이는
반딧불이처럼
고속도로 타고 가
아직 자고 있을
서초동 그 원룸까지 날아가고 있다

저절로 우러나오는
한줌의 빛으로
내 깊은 사랑
흘러가고 있다.

딸 · 3

네 눈 속엔
푸른 물결이 인다
청보리 풋풋한 내음 싣고

너의 삶이
아직 꿈의 비계만 세워졌지만
곧 사랑의 설계 완성되리니

내 눈엔
움직이는 꽃 같은 네 모습
정오 시계바늘처럼 곁에 꼭 붙여두고 싶지만
네 꿈 찾아 걷다가
삶의 갈피갈피 다가온 바람
꽃잎처럼 곱게 안으로 접으렴
어깨 빌려 주리니

딸 · 4

물 먹인 솜처럼
무겁게 살지 마라

여우비 스쳐가듯
행복은 찰나

울어도 젖지 않을
토란잎이 되어주마

삶이 슬퍼도
상처받지 않고
상처를 발판 삼아
그냥 미끄럼 타며
흘러내리도록
토란잎 씌워주마

아들 · 1
— 입영 후에

끈 떨어진 연처럼
중심 잃고
긴 겨울밤을 견딘 보고픔

아직 훈기가 남아 있는 빈방
액자 속 웃는 모습
그리움으로 피는 금싸라기야

얼마나 못 다준 사랑 있길래
보고픔에 저린 가슴앓이 안으로 삭이다가
끝 간데까지 따라 붙어
그림자로 서서
기도로 서서
모정의 얼레 풀며
그리움의 연줄 달고
너 있는 하늘 향해
한없는 사랑 띄우리라

아들 · 2
— 설레임

명지 초소 떠나
4박 5일 첫 외출
통영에서 막 출발합니다.

설레임

얼룩무늬에 가려진 검게 패인 볼엔
지탱한 인내에 비례한
의젓한 모습
번쩍이는 새 군화빛 만큼
마찰음으로 새겨진 발 멍울
어그적, 걸음마 뛰는 유아걸음 재현에
소리 없이 뒤척임으로 지샌
아픈 밤

달리는 시간

정으로 빚은 인절미 꾸러미 끄나풀

어미 손놓지 않을 만큼 꼭 쥐고
차마 마주칠 수 없어
딴전 피우는 눈은
먼 산 벼랑 끝에 아직 서있는데

너의 냄새 물씬 칠한
4박 5일 동안
잃어버린 그리움
다시
켜켜이 새겨져
흥건히 젖은 정

아들 · 3
— 야생마

야생마처럼 뛰지만
내가 키운 건 연약한 바람꽃
흔들릴 때마다
죄명 모를 죄인으로
빙산처럼 숨었다
눈만 뜨면 그리는 그 방황의 뿌리들
닻은 내려도
닻줄을 고무줄처럼 늘이며
빈 배에 네 그림자를
달빛처럼 싣고
귀 열고 기다렸다

이제 파뿌리 몇 모 심은 머리로
어미는 메밀꽃 핀 들판 같은
하얀 빈 마음으로
'금빛 바다' 노래 부른다
너를 버티게 할
얼음 풀리는 바다로 헤엄쳐 보렴
눈에 밟히는
나의 야생마

아들 · 4
― 단비의 노래

새까매진
내면 다 보여도
햇풀처럼
실려온 내음
내 분신 같은
향기의 기다림으로 피는 정

산그늘 아래
세상이 어두워서
안경 너머로
초점 맞추려 응시해도
자꾸만 갈라진 논바닥 같은
메마른 삶의 빈터라도
퍼덕거려라

어미가
밤마다
물 조리개 들고

목 놓아 부르는
단비의 노래 들리지 않니

분신 같은
아슬한 내 그림자

도봉산과 누이

사다리처럼 얽힌 운동화 끈
촘촘히 당겨주는
누이동생 손등 위로
겨울 햇살이 미끄럼 타고 있었다

포대능선 오르며
장독 깨고 회초리 앞에 선
막둥이처럼
내 정강이는 덜덜 떨었다

눈 덮인 얼음벽을 오를 때
뜨끈한 장갑 벗어주면
내 손은 가볍게 절벽을 정복했다

히말라야 냄새 두 번 맡은
누이의 코는 삶의 무게에도 늘 푸르렀다
회임 한 번 못한 채 두 아이의 엄마가 된
누이의 예쁜 코는

답답할 때
확 트인
도봉산 신선대로 우뚝 서있다.

부용산에서 본 오라비

간다는 말 한 마디 없이 떠난
큰 오라비 따라
귀 동냥으로 흥얼거렸던
부용산에 올라

뗏목다리 내려다보이는
부용정에 서서
'부용산 봉우리에 잔디만 푸르러 푸르러'
다시 흥얼거린다.

시비 앞
회오리바람 간데없고
보고픈 큰 오라비 혼 돌아와
손 꼬옥 잡고
부용산 오릿길 걸으며
어릴 적 그 날처럼
'하늘만 푸르러 푸르러'
애잔한 테너 목소리 따라
한없이 걷는다.

칠월 끝날의 무등산

드디어 입석대
절제
올곧게 견디라는 육성이
위대한 직선상에 새겨져
언제나처럼 욕망이란 욕망은 다 제어했다

굵은 비도 아랑곳 없이
촉촉한 눈매의 오솔길
주황색 동자꽃이 웃음의 말 건네
마음의 빗장 열어주는
서석대 나무 그늘,
중복 더위 이긴 네 자매 환희의 땀 이야기는 계속되고

토끼등에서 깡충깡충 뛰던 막내는
중머리재 앞두고 넓적바위에 등 붙이고
하산 노래 목청 뽑네

넷째의 생채기 잠시 나누고 싶어

닳을대로 닳은 일층 운동화 바꿔 신고
두 개 맨 배낭이 어깨 위에서
삶의 무게만큼 땀으로 간지르고

안나푸르나 등정을 발에 익힌 셋째는
네 자매 나침반으로 살갑게 파닥였던

자매들 사랑 알알이 새겨둔 채
무등산 칠월 끝날의 추억은
어딜 가도 삶의 지평 열어주는
발자국 발자국으로
올곧게 흐르리라.

맑고 깨끗한 시의 향기와 존재의식

허 형 만
(시인, 목포대 교수)

1.

　운영(雲影) 이순희 시인(1951-)은 월간 《문예사조》 와 계간 《문학춘추》 신인상, 그리고 월간 《아동문예》 문학상으로 등단한 시인이자 아동문학가이다. 이번 시 집 『아름다운 동행』은 이순희 시인에게 있어서 첫시집 이 된다. 평소 가까이서 오로지 시적 탐구에 몰두하고 있는 시인의 작품에 대해 한 두 편씩은 종종 보아 왔지 만 한꺼번에 보기는 처음인 필자로서는 이 첫시집에 수록된 총 78편에 이르는 작품의 시정신이 어디에 있는지, 시인이 추구하는 세계는 무엇인지 매우 궁금하지 않을 수 없었다.

우선 결론부터 말하자면 시인이란 뚜렷하게 심미지향적인 발화를 창조하는 사람이라고 정의한 얀 무카로브스키의 말을 한사코 인용하지 않더라도 이순희 시인의 작품은 삶의 영향이 분명하게 드러나 보인다. 다시 말해서 시인의 경험된 현실의 태도는 개인적인 성향이 두드러지며 시인의 삶이 작품에 가식없이 그대로 반영되고 있다는 말이 된다. 그만큼 이순희 시인은 자신의 심성 그대로 맑고 깨끗한 시정신의 소유자이며 동시에 우주 안에서 생명을 가진 것에 대하여 따뜻한 시선으로 발견하고 바라보는 존재탐구 의식까지 보여주는 서정성에 충실하고 있다.

2.

이순희 시인의 시는 먼저 자연에 대한 따뜻한 시선과 포용에 있다. 사계절마다(여름이 소재로 된 시가 유독 보이지 않긴 하지만) 시인이 자연과 함께 하면서 더불어 살아가는 삶의 흔적을 꾸밈없이 드러내 보여주고 있는 것이 특징이다.

빈들에 서성이는
저녁 해의 자비를 보셨나요
잘려진 그루터기와
잘려지지 않은 이삭들을 감싸고 있어요

녹색이 지배할 들판 이야기를
바람에게 들려주는
밀레의 저녁 종소리조차
고요한 침묵의 빈들에

서두르지 않고
내일
한 줌의 빛으로 가는 길을
저녁 해는 알고 있어요

— 「저녁 해」 전문

이 시는 '저녁 해'와 '빈 들판'과 시적 화자가 하나
로 어우러진, 그리하여 자연에 대한 따뜻한 시선을 잘
보여주고 있다. 추수가 끝난 뒤의 빈들에서 서성이는
햇살은 그냥 하릴없이 서성이는 게 아니라 이곳 저곳
을 감싸며 돌아다니고 있다. 특히 "잘려진 그루터기와
/ 잘려지지 않은 이삭들을 감싸고" 있다. 이것은 수확

의 기쁨과 감사이면서 동시에 아직은 수확되어지지 않은 부분, 마저 수확을 기다리는 이삭에까지도 햇살의 어루만짐은 공평함을 암시한다. 완성과 미완의 차이는 그리 멀지 않다. 그래서 시적 화자는 "저녁 해의 자비"를 보았느냐고 묻는 것이다. '자비'는 측은지심의 발로에서 이루어진다. 모든 생이 그러하듯 시를 쓰는 일도 어찌 보면 미완에서 완성을 기다리는 것이리라.

추수가 끝난 지금의 빈들은 고요하고 침묵에 싸여있다. 그 고요와 침묵의 깊이가 얼마나 깊으면 "밀레의 저녁 종소리조차" 들리지 않는 것일까. 그것은 곧 시인이 발견한 우주의 이치일지도 모른다. 저녁 해마저도 그 고요와 침묵 속에서 숨을 죽이고 있다. 그러나 단지 그것으로만 그쳤다면 이 시는 단순한 가을날 추수 뒤 끝의 묘사에 불과했을 터이다. 그런데 마지막에서 "서두르지 않고/ 내일/ 한 줌의 빛으로 가는 길을" 알고 있는 저녁 해의 마음이 주관적으로 묘사됨으로써 이 시는 생명력을 얻는다. 그렇다. "서두르지 않고"이다. 우주의 순환도 이젠 휴식이 필요하고 침묵도 필요함을 시인은 통찰한 셈이다.

> 덜컹거리며 미끄럼 타는 보도 위에
> 빤히 쳐다보는 저녁 해

아직 붉은 햇살
빈 길 따라 석양을 따르면
내가 살아온 아픔만큼
앙상한 나뭇가지가 비껴간다

그러나 보라
빈들의 허허로운 풍경 속에서도
석양은 따스하고 나는
그 빈들을 바라보며
또 다른 비움을 생각하느니

산다는 것은 얼마나 가벼움인가

사람아
어느새 무소유의 지혜를 안
내 사랑하는 사람아
우리도 저 석양처럼
모든 것 다 주어야 할 나이

하여
시린 손 다 뎁혀 주고
석양이 지는 저 빈들을

함께 쳐다보지 않으련가

—「석양」 전문

앞의 시 「저녁 해」에서 한발 더 나아가 이제 빈들에
대한 통찰이 시적 화자의 내면으로 파고 든 작품이 「석
양」이다. 그만큼 주관성이 짙은 이 시는 심리적인 변화
까지도 보여주는, 다분히 개인적인 이미지로 우리에게
다가온다.

"산다는 것은 얼마나 가벼움인가".

언뜻 문맥에 이상이 있는 것처럼 보이는 이 구절은
그럼에도 불구하고 석양을 통해 나름대로 체득된 삶의
깨달음이기에 오히려 생의 깊이를 엿보게 하는 매력을
주면서 시의 전반부와 후반부를 잇는 다리 역할을 하
고 있다.

즉, 삶의 가벼움에 대한 인식은 전반부에서 빈들을
바라보는 화자가 그 "허허로운 풍경"을 통해 "또 다른
비움을 생각"하는데서 시작된다. 충만했던 들판이 비
워진 뒤 그 '비워짐'은 곧 2연의 "내가 살아온 아픔"의
비워짐과 이미지가 상통하면서 "또 다른 비움"을 상징
하고, 이어서 후반부의 "어느새 무소유의 지혜를 안/

내 사랑하는 사람"에게로 전이된다.

　화자가 말하는 사랑하는 사람은 구체적으로 지칭되는 어느 특정 인물이 아니어도 좋다. 더불어 함께 삶을 살아가고 있는 화자와 비슷한 나이의 불특정 누구인들 상관이 없다. 다만 전반부에서 석양이 따스하게 빈들을 뎁혀주는 것처럼 서로 서로 "시린 손 다 뎁혀"줄 수 있는 나이의 사람이면 족하다. 그런 점에서 낮의 천체인 태양이 서서히 스러져 가는 때를 이순희 시인은 어둠과 절망의 상징으로 보지 않고 오히려 다사로움과 평화의 안식으로 인식하는 건강성을 보여주고 있다.

3.

　이순희 시인의 맑고 깨끗한 시심은 앞에서처럼 자연에 대한 따뜻한 시선에서뿐만 아니라 사람에 대해서도 동일한 의식으로 자리하고 있다. 그만큼 시인의 심성이 곱고 아름답다는 이야기가 될 터인데 이것은 꾸밈 없는 자연스러운 개성과도 깊은 연관이 있기 때문이다. 예컨대 이 시집의 표제시인 「아름다운 동행」 같은 경우를 들 수 있겠다.

소리없이 쌓이는
눈의 고요 속에
하얀 침묵
당신처럼 눈부십니다

오늘은 끊임없이 당신을 만납니다

결 고운 눈빛 속에서
은물결 설경 속에서
나목의 가지 덮는 흰 이불 속에
당신은 와 계십니다

뒤돌아보면
뽀드득
내 삶의 노래가 들리시나요
길이 지워져도
나풀나풀
저를 안고 간다고 하셨나요

어디서 다가와
어떻게
내 발자국에 발을 맞춰 걸으십니까
— 「아름다운 동행」 전문

우리 말에서 '함께' 또는 '더불어'라는 말처럼 힘을 불어 넣어주는 말도 드물 것이다. 한자의 동행(同行)이 같은 의미로 쓰일 때 이순희 시인은 '아름답다'고 표현한다. 이 시의 "당신"은 곧 이러한 의미에서 아름다움의 대상이다. 우리가 한사코 '시어의 애매성'을 논하지 않더라도 여기서 "당신"은 '남편'이거나 '님'이거나 '신'이거나 아니면 우주 삼라만상 그 무엇이란들 하등의 문제가 되지 않는다. 다만 '함께', '더불어' 동행하는 것에 큰 의미가 있을 따름이다.

이 시의 배경인 눈 내리는 겨울의 색감은 물론 백색이다. 필자가 오래 전 논문 『한국 현대시의 색채의식』을 쓸 때 1939년에 발간된 김광균의 시집 『와사등』에 나타난 색채의식을 분석한 결과 가장 두드러진 색채가 백색이었는데, 그 백색 이미지는 회상, 고독, 추억, 죽음 등으로 표출되었었다. 김광균의 시에 두드러진 백색은 결론적으로 일제 치하에서의 식민지 백성이 겪어야 하는 본향(本鄕)에의 향수이면서 동시에 시인의 심상 깊이 내재된 자기상실, 허무감의 표상에 다름 아니었다.

그러나 이순희 시인의 시에 나타난 백색의 이미지는 김광균과 동일 시대도 아니고 또한 삶의 환경이 전혀 다르기 때문에, 그리고 시인의 시적 태도의 차이에 의

해 오히려 12세기 경 법왕 이노센트 3세가 마련한 크리스트 교계 색의 표상 기준에 의한 '환희, 결백, 승리, 영광, 불사(不死)'의 백색에 더 가까움을 알 수 있다.

왜냐하면 곧 "오늘은 끊임없이 당신을 만나"고, "당신처럼 눈부시"며, "당신은 와 계"심으로써 눈 속에서의 환희의 감동을 한사코 숨기려하지 않는데 있기 때문이다. 더욱이 마지막 연에서 "어디서 다가와/ 어떻게/ 내 발자국에 발을 맞춰 걸으십니까" 하고 반어적 의문을 던짐으로 하여 아름다운 동행을 더 강조하고 있음도 우리는 간과할 수 없다. 이순희 시인의 이러한 자연과 사람에 대한 생명의식과 사랑의 표지는 생의 깨달음으로 이어진다.

　　1) 시 낭송 여운이
　　　　머리칼에서 새끼발까지
　　　　점점 빗물로 젖어옴이, 그리하여
　　　　이렇듯 속살 드러내 보이는 것이
　　　　비 오는 외달도 부두에 서서
　　　　내리붓는 비에 젖을 만큼 젖으면서
　　　　차라리 젖음이 편안해지기까지 했다.
　　　　먼 회색 바다 비를 끌어안고
　　　　옛사랑의 희미한 잔영으로 누워

바다와 몸을 섞는, 뒹구는 비
짭짤한 속울음이란 울음은 모두
녹아 넘실대고 있음을 알았다.
외달도 비 오는 부두에 서서
바다나 사람이나
가슴속 앙금 헹구어 맨몸으로
삶의 무게 다 벗어놓는 것
이 가벼움, 소중함에 흠뻑 젖어
무소유로 그렇게 서 있었다.
　　　　　—「외달도 비 오는 부두에서」 전문

2) 낯설게
새로운 길 찾아가는 일이라고
시적 상상력 불 지펴주셔도

강의실 유리창 넘보며
봄부터 강의 듣던
담쟁이덩굴은
이제 가을,
볼에 붉은 연지 찍고
동그란 작은 열매까지 맺었는데

참신한 언어 찾아
뻐꾸기 한 번 두 번 울 때까지
눈, 귀 열고
마음 교감하려 해도
신선한 길, 보이지 않는
낯설기만 한 미로의 길

　　　　　　　　　　　　　 ―「시의 길」 전문

　시 「외달도 비 오는 부두에서」는 매년 목포시인협회
가 여름이면 마련하는 '선상시 낭송회'를 배경으로 하
고 있다. '외달도'는 물론 목포 인근 섬으로서 목포시
충무동에 속하는데, 선상시 낭송회는 목포항에서 출항
하는 신진페리호 선상과 외달도, 두 곳에서 치루어지
는 목포만이 생각할 수 있는 매우 낭만적인 행사로 평
가받고 있다.
　이 시에서 시인은 비를 맞으며 남들처럼 마냥 흥취
에 젖어 들떠있는 것이 아니라 나름대로 "차라리 젖음
이 편안해"진다고 고백한다. 왜 그럴까. 그 이유는 다
음 구절에서 분명해진다.

먼 회색 바다 비를 끌어안고
옛사랑의 희미한 잔영으로 누워

바다와 몸을 섞는, 뒹구는 비
짭짤한 속울음이란 울음은 모두
녹아 넘실대고 있음을 알았다.

시인이 "머리칼에서 새끼발까지" "내리붓는 비에 젖을 만큼 젖으면서" 차라리 편안해질 수 있음은 비와 한 몸이 된 바다를 보면서 "짭짤한 속울음이란 울음은 모두/ 녹아 넘실대고 있음을 알았"기 때문이다. 흔히 바다는 죽음과 삶을 매개하는 이미지로 시 속에 존재하거니와 이순희 시인에게 있어서는 '짭짤한 속울음'이 곧 바다를 통해 체득된 삶의 깨달음을 상징한다. 그 짭짤한 속울음은 '희미한 옛사랑'과 무관하지 않다. "녹아 넘실대고 있는" 짭짤한 속울음을 '보았다'도 아니고 '들었다'도 아닌 "알았다"로 표현하는 시인의 시의식은 한 생을 살아가면서 얻어진 깨달음 중의 하나임이 분명하다.

이 깨달음은 그 다음 연, 즉 "바다나 사람이나/ 가슴 속 앙금 헹구어 맨몸으로/ 삶의 무게 다 벗어놓는 것"으로 구체화된다. 다시 말해 바다가 비를 끌어안는 것이나 사람이 사람을 끌어안는 것이나 그 '끌어안음' 속에는 속울음이 동반되기 마련인지라 바다가 속울음을 녹이우듯 사람도 삶의 무게로 환치되는 사랑의 무게마저 다 벗어 무소유로 존재할 때 비로소 가벼워질 수 있다는 사실을 비 오는 외달도 부두에서 시인은 깨달은 것이다.

이처럼 한 생의 과정에서의 깨달음은 「시의 길」에서도 마찬가지이다. 시인이 시의 길을 찾아 나서기가 얼마나 힘든가를 이 시는 거짓없이 보여주고 있다. 1연에서 시의 스승은 시의 길을 "낯설게/ 새로운 길 찾아가는 일"이라고 일러준다. 시인은 스승의 말대로 봄부터 가을까지 부단히 그 길을 찾아 나서지만, 스승이 일러준 시의 길은 "낯설기만 한, 미로의 길"임을 깨닫게 된다. 이런 깨달음이야말로 진솔한 시인으로서의 마음 자세이다. 단 몇 줄의 시답지 않은 것을 시라고 써놓고 마치 세상 이치를 다 터득한 양 거드름 피우는 사람을 많이 보아왔다. 그러기에 이순희 시인처럼 시의 길 찾아가기가 얼마나 힘든가를 스스로 깨닫고 부단히 그 길을 찾아가려 할 때 마침내 좋은 시인이 될 수 있다는 사실을 우리는 잘 알고 있다.

따라서 이순희 시인의 이 첫시집 『아름다운 동행』은 시인의 고운 심성 그대로의 생명 사랑이면서 동시에 시인 자신에 대한 성찰의 고백을 통한 존재의식을 우리에게 보여주고 있는 셈이 된다.